Made in the USA
Coppell, TX
20 November 2024

40594761R10057